BUTJACULIX
…wie alles begann.

BAND 1

ISBN 978-3-00-071295-1
1. Auflage 2022
© 2022 Atelier Umwerk, Butjadingen
© 2022 Michael Bobrowski
in Zusammenarbeit mit Donner Tattoo

Alle Rechte vorbehalten

Idee & Text: Michael Bobrowski
Illustrationen: Kupferroeschen

www.butjaculix.de
www.atelierumwerk.de

DANKSAGUNG

Inspiration und Ideen zu dieser Buchserie fand ich auf der norddeutschen Halbinsel Butjadingen, die heute auch mein Zuhause ist.

Aus diesem Grund spielen diese Geschichten auf diesem wunderschönen Fleckchen Erde.

Wenn ein Buch erscheint, so steht immer der Autor im Vordergrund. Das ist nicht so besonders fair, weil es immer wieder vieler Menschen bedarf, die eine solche Publikation überhaupt erst ermöglichen. Das war auch bei mir der Fall.

Und die lieben Menschen, die mir während des Schreibens eine Hilfe gewesen sind, sollen hier nun besondere Erwähnung finden. Ich hoffe, an alle gedacht zu haben.

Zunächst richtet sich mein Dank an das liebe Team von Donner Tattoo aus Nordenham und insbesondere an Sharon „Kupferroeschen", für ihr Talent und ihre Geduld.

Auf meiner Suche nach einem Menschen, der für mich meine Bildideen perfekt umsetzen konnte, fand ich schließlich, und das fast vor meiner Haustür, das Donner Tattoo Studio in Nordenham.

In toller, fast familiärer Umgebung wurden dort die Illustrationen entworfen, oftmals wieder verworfen und schließlich meiner Geschichte perfekt angepasst.

Daraus entstand die Idee zu einer Zusammenarbeit, die mir bis heute extreme Freude bereitet. Ein liebes Dankeschön geht auch an Sarah-Debora von SDS Fotografie & Design für die Unterstützung in der Organisation und im Marketing, ebenso an Saira für die liebevolle Gestaltung des Buchsatzes. Rundum eine zauberhafte Komposition für unseren Butjaculix. Danke für eure Mühe und Geduld, liebes Team!

Und selbstverständlich geht mein Dank auch an meine liebe Ehefrau Simone, die mir immer die Zeit und Kraft gegeben hat, mich meinem Buchprojekt zu widmen.

Vielen Dank an alle – ich weiß das sehr zu schätzen.

ÜBER MICH

Geboren bin ich im Jahre 1961 in Oldenburg in Niedersachsen. Nach meiner Schulzeit habe ich viel erlebt und in unterschiedlichsten Berufen gearbeitet. So habe ich mich zum Beispiel zwölf Jahre lang der Bio-Aufzucht und der Veredelung von Fischen aus Aquakultur gewidmet.

Mit der Lyrik, dem Malen und dem Verfassen von kleinen Geschichten begann ich bereits Anfang der 80er-Jahre.

Berufliche Reisen ins Ausland und die Besuche bei internationalen Künstlern beflügelten meinen Geist immer wieder aufs Neue.

So entstand im Jahre 1990 die Idee zum „wertvollsten Gemälde der Welt". Bei diesem Kunstwerk, der „Träumerei einer Ballerina" haben wir Malen, Schreiben, Balletttanz und klassische Musik in Einklang gebracht. Schnell erweckte unser Projekt auch die Aufmerksamkeit der Medien. Nicht nur die Printmedien und das deutsche Fernsehen, auch internationale Sender berichteten sowohl darüber als auch über einige meiner anderen verrückten Ideen.

Heute male und schreibe ich und lebe glücklich und in perfekter Harmonie mit meiner Frau, unserer Hündin Paula, einigen Katzen, Hühnern, Enten, Gänsen und Kaninchen auf der wunderschönen norddeutschen Halbinsel Butjadingen.

Und genau hier entstehen auch meine beziehungsweise unsere Geschichten.

Die Sonne scheint hell und freundlich vom Himmel, als Butjaculix wie jeden Morgen mit seinen treuen Gefährten entlang des kleinen Teiches durch seinen Garten spaziert. Da gesellt sich sein fliegender Freund, die lustige und etwas vorlaute Möwe Abraham dazu.

„Ahoi, Ahoi, Butjaculix! Wie ist es dir ergangen?", hört man Abraham schon von Weitem rufen, bis er schließlich auf der Schulter des Zauberers landet.

„Guten Morgen, schön dich mal wieder zu sehen!", ruft Butjaculix ihm zu.

„Tja, du weißt ja, ich bin eine viel beschäftigte Möwe", krächzt Abraham mit stolzgeschwellter Brust.

Der Zauberer kratzt sich an seinem langen Bart und lächelt. „Na, aber da du jetzt gerade hier bist, könntest du mir bei der Apfelernte helfen und die schönen Früchte hoch oben im Baum pflücken!"

Abraham überlegt kurz und antwortet dann schnell: „Aye, aye, Käpten, auf zum Entern!" Dabei schlägt er aufgeregt mit seinen Flügeln und fliegt kreischend los zu den Obstbäumen. Butjaculix krault seinem Hund Balou liebevoll den Kopf und spricht zu ihm: „Komm mit, mein Freund, morgen ist Markttag in Fedderwardersiel, auch wir haben bis dahin noch eine Menge zu erledigen."

Balou schaut zu seinem Herrchen auf und wufft: „Na denn mal los, lass uns Karre und Körbe holen." Dann läuft er schwanzwedelnd voraus Richtung Werkzeugschuppen.

Als die beiden an der Terrasse des kleinen, reetgedeckten Bauernhauses vorbeilaufen, entdecken sie die dicke Katze Mola, die sich genüsslich in der warmen Morgensonne auf der Fußmatte der Küchentür räkelt.

„Guten Morgen, meine kleine Faulenzerin", begrüßt der Zauberer seine Katze. „Wie wäre es, wenn du uns ein wenig bei der Ernte hilfst? Es gibt noch eine Menge zu tun und wir müssen noch etliche Äpfel und Birnen einsammeln." Dabei beugt er sich zu Mola hinunter und krault den molligen, weichen Bauch der Katze, die sofort laut zu schnurren beginnt.

„Ach ja", gähnt sie. „Mal sehen, vielleicht komme ich später nach. Erst möchte ich noch ein wenig in der Sonne dösen." Dann gähnt sie noch einmal herzhaft und rollt sich behaglich auf der Matte zusammen.

Der Zauberer und sein Hund schauen sich vielsagend an. Balou grinst.
„Komm mit, Butjaculix, ich denke, das wird nichts mehr mit Mola. Da müssen wir wohl selber ran."
Gemeinsam gehen sie weiter zum Schuppen und kehren voll bepackt mit Karre und Weidenkörben zu den Obstbäumen zurück, wo die anderen Tiere schon fleißig Äpfel und Birnen zusammengetragen haben.

„Na sowas, wo ist denn Abraham?", wundert sich Butjaculix. „Er wollte doch die oberen Früchte in den Bäumen pflücken." Als der Zauberer gerade nach der Möwe Ausschau halten wollte, ist plötzlich ein lautes Kreischen und dann ein Plumpsen zu hören.

Erschrocken fängt Balou an zu bellen und rennt dann hinter dem Zauberer her bis zum Gartenteich. Dort erblicken sie eine kleine Entenfamilie, die aufgeregt quakend umher schwimmt. „Butjaculix, kannst du meinem Mann helfen?", ruft ihm die aufgelöste Entenmama entgegen, denn alle Tiere kennen den Zauberer gut. „Dieser kleine Tollpatsch ist beim Landen gegen den Bootssteg geflattert und hat sich am Flügel verletzt!"

Der Zauberer springt ohne lange zu zögern in den Teich und untersucht den schmerzenden Flügel des Enterichs. Dann lächelt er beruhigend. „Da hast du aber noch einmal Glück gehabt, mein kleiner Freund. Es ist nichts gebrochen. Aber warte, ich werde dir den Flügel noch ein wenig mit meiner heilenden Salbe einreiben."

Butjaculix öffnet einen kleinen Lederbeutel an seinem Gürtel und reibt mit seiner Wundersalbe den verletzten Flügel ein. „Jetzt noch ein kleiner Verband und in ein paar Tagen ist alles wieder verheilt!", zwinkert der Zauberer ihm zu.

„Wenn ihr wollt, könnt ihr gerne so lange bei uns bleiben. Später bringe ich euch noch etwas Futter zur Stärkung." „Oh, vielen, vielen Dank!", freut sich die Entenmama. „Sehr gerne bleiben wir noch etwas hier."

Dabei hopsen die Entenküken auf ihren Rücken und piepsen voller Freude. Alle haben nun den Schreck überwunden und schwimmen fröhlich umher.

Nachdem alle gemeinsam noch eifrig im Garten gearbeitet haben, treffen sich der Zauberer, Balou und Mola bei frisch aufgebrühtem Kräutertee und selbst gebackenen Keksen in der gemütlichen kleinen Küche des Hauses.

„Puuh, meine Freunde, was für ein aufregender Tag! Ich denke, diese kleine Pause haben wir uns redlich verdient." Dabei beißt Butjaculix genüsslich in einen knusprigen Keks und nimmt einen großen Schluck Tee aus seinem Becher. Da ertönt auf einmal lautes Kreischen und Abraham, die Möwe, landet flatternd auf dem Fensterbrett.

„Ahoi, meine Freunde!"

„Na, da bist du ja wieder", begrüßt ihn der Zauberer grinsend. „Wo warst du denn? Ich habe dich gar nicht bei den Obstbäumen gesehen." „Doch, doch, ich war da, Käpten. Ich habe alle Äpfel vom Baumwipfel gerettet und in die Körbe verfrachtet", verkündet Abraham stolz. Dass er die meiste Zeit faul auf dem Dach in die Ferne geschaut hat, erzählt er den anderen lieber nicht. „Aber dann musste ich leider weg", krächzte er stattdessen. „Habe ich denn was verpasst?" „Tja, das hast du wirklich", wufft Balou. „Wir haben vorhin einen kleinen Erpel gerettet, der einen Unfall hatte und sich dabei den Flügel verletzt hat." „Waaas?", ärgert sich die Möwe. „Das gibt es ja wohl nicht und ich habe davon nichts mitbekommen! Dat geht nu mal gar nicht!"

Der Zauberer, Balou und Mola müssen herzhaft lachen und gönnen sich gleich einen weiteren Keks. Auch Abraham läuft das Wasser im Mund zusammen.

„Könnte ich auch so einen leckeren Keks bekommen? Ich habe nämlich einen riiiiesigen Hunger." „Ja natürlich, mein Freund, komm und setze dich zu uns", fordert ihn Butjaculix auf. In kürzester Zeit sind alle Kekse verputzt und nur ein paar Krümel bleiben zurück, die Abraham auch noch genüsslich aufpickt. So geht ein erfolgreicher Tag zu Ende und alle freuen sich auf den morgigen Ausflug nach Fedderwardersiel auf den Markt.

Als die Sonne am nächsten Morgen langsam den Tag erhellt, ist Butjaculix schon fleißig dabei, mit seinen tierischen Helfern den kleinen Anhänger seiner magischen Vélosolex mit leckeren Äpfeln, saftigen Birnen und neuen Kartoffeln zu beladen.

„Ach, jetzt hab ich ja den Schirm vergessen", sagt Butjaculix und schaut seinen treuen Hund an. „Könntest du ihn mir noch rasch aus dem Schuppen holen?" Balou bellt nur einmal kurz und schon flitzt er los. Kurze Zeit später kehrt er schwanzwedelnd mit dem Schirm im Maul zurück und legt ihn neben dem Anhänger ab. Dankbar streichelt der Zauberer seinen Hund.

Nachdem alle Körbe gut verstaut sind, fällt Butjaculix plötzlich ein, dass er auch noch seine geliebte Gitarre vergessen hat. Geschwind eilt er zum Haus. Dort hört man es laut poltern und rumpeln und schließlich verzweifelt rufen: „Ja, wo hab ich sie denn nur hingestellt? Ich glaube, ich werde langsam vergesslich!" Da hat sogar die sonst so bequeme Mola Mitleid und eilt ihm maunzend zu Hilfe: „Sieh doch mal neben deinem Bett nach, ich glaube, ich habe sie dort gesehen." Und siehe da, die schlaue Katze hat recht. „Oh, meine Kleine, du bist die Beste", lacht Butjaculix verschmitzt und streichelt ihren Rücken, sodass sie vor Freude einen Buckel macht.

Da nun alles zusammengepackt ist, kann Butjaculix sich endlich auf den Weg machen. Am Deich entlang, an grasenden Schafen und hoppelnden Kaninchen vorbei, fährt er auf der kleinen Straße geradewegs nach Fedderwardersiel zum Marktplatz. Auch Abraham und Mola begleiten ihn, voller Vorfreude darauf, was der heutige Tag wohl bringen mag.

Endlich am Hafen angekommen, beginnen sie sofort die Körbe auszupacken und den Stand aufzubauen. Auch ein paar selbst gebastelte Butjenter Dröömjager finden ihren Platz unter dem Schirm. Mit ihren magischen Kräften können sie nämlich die Menschen vor schlechten Träumen beschützen. Und genau diese Eigenschaft der Dröömjager ist es, die einmal sehr wichtig werden wird. Doch davon ahnen die ersten Besucher, die schon früh am Morgen hier unterwegs sind, noch nichts. Sie werden angelockt von den vielen Schätzen, die hier auf dem Bauern- und Handwerkermarkt angeboten werden.

Neben echtem Bienenhonig vom Imker gibt es selbst gestrickte Pullis, getöpferte Teller und Schalen, handgefertigten Schmuck und vieles mehr. Und natürlich – ganz zur Freude von Mola und Abraham – leckere Fischbrötchen. Sogar ein großer Fischkutter hat gerade angelegt und verkauft frische Krabben, direkt vom Boot. Das hat natürlich auch Abraham spitzbekommen. Gespannt schaut er von der großen Laterne aus zu und lauert darauf, dass dem Fischer ein paar leckere Krabben vom Boot fallen. Die sind nämlich sein Lieblingsessen.

Und tatsächlich – er hat heute Glück! Schnell stürzt er sich herab und schnappt während des Fluges elegant nach den begehrten Schalentieren.
Auch Mola begibt sich auf die Jagd. Gemütlich schlendert sie von Stand zu Stand und kann tatsächlich ein leckeres Fischbrötchen ergattern. Mit gut gefülltem Bauch legt sie sich anschließend unter Butjaculix' Schirm und macht das, was sie am liebsten tut: Schlafen.
Am späten Nachmittag hat der Zauberer dann all seine Birnen, Äpfel, Kartoffeln und auch die Dröömjager verkauft. Nun freut er sich darauf, den Abend ausklingen zu lassen. Und zwar auf ganz besondere Weise...

Während Mola noch gemütlich auf einem kleinen Kissen im Anhänger schläft, macht sich Butjaculix mit Abraham auf den Weg zu seinem Lieblingsplatz, direkt am Meer. Überall an der Küste wurden schon vor Jahrzehnten steinerne Wellenbrecher angehäuft, damit die wilde, raue Nordsee nicht die schützenden Deiche zerstört und genau da wollen die beiden hin. Dort angekommen, wird der Zauberer schon freudig von Luise, der Kegelrobbe, und ihrem kleinen Heuler Emma erwartet.

„Ich dachte schon, du kommst heute nicht mehr", grinst Luise ihn an und klatscht aufgeregt mit den Flossen. Denn jedes Mal, wenn der Zauberer auf dem Markt war, kommt er hierher, um sich von dem anstrengenden Tag ein wenig zu erholen. Abraham hat es sich inzwischen auf Butjaculix' Schulter gemütlich gemacht.

„Moin, moin! Na, alles klar bei euch?", fragt er krächzend.
„Moin! Ja klar", antwortet Luise. „Und ihr? Heute wieder Glück gehabt mit den Krabben?"
„Oh ja, mein Bauch ist richtig voll", freut sich Abraham und streicht mit dem Flügel über seinen dicken Bauch.
Auch ein paar andere Möwen, Fische und Krabben gesellen sich dazu, als Butjaculix schließlich zu spielen beginnt. „Das Meeresrauschen, die unberührte Natur und die salzige Luft, was kann es Schöneres geben?", singt der Zauberer und lacht.

Fröhlich zupft er die Saiten der Gitarre und alle stimmen mit ein. Nur die kleine Emma ist schon wieder eingeschlafen und schnarcht friedlich an seiner Seite.

Als die Sonne langsam den Horizont in glühend rote Farben taucht, verabschiedet sich Butjaculix mit Abraham von seinen Freunden.
„So, meine Lieben", sagt er und steht auf. „Für heute haben wir genug musiziert. Nu muss ich nach Hause, denn die Tiere daheim müssen noch mit Futter versorgt und in die Ställe gebracht werden."

Auch Emma ist inzwischen wieder aufgewacht und blinzelt ihn verschlafen an.
„Oh, du fährst schon wieder los? Ist es denn schon so spät?", gähnt sie.
Ihre Mutter streichelt ihr mit der Flosse liebevoll über den Kopf und sagt „Keine Sorge, meine Kleine, nächste Woche ist er ja wieder da und spielt für uns."
Emma nickt, robbt auf den Zauberer zu, der sich zu ihr hinunterbeugt, und gibt ihm ein sanftes Küsschen auf die Nase.

Bei der Vélosolex angekommen, werden sie schon ungeduldig von Mola erwartet, die die ganze Zeit im Anhänger geschlafen hat und mittlerweile aufgewacht ist. „Na, da seid ihr ja endlich wieder! Lasst uns jetzt nach Hause fahren", faucht sie und macht einen großen Buckel. „Ich weiß, ich weiß, mein Kätzchen", lacht Butjaculix. Er nimmt sie auf den Arm, um sie ordentlich durchzukraulen, woraufhin sie sich schnurrend auf den Rücken dreht.
Abraham ist schon ein Stück vorausgeflogen und ruft: „Jetzt aber mal los, ihr Trödeltaschen, es wird ja schon dunkel!"

Die Katze springt in den Anhänger und schon machen sie sich auf den Heimweg.

Als sie nach diesem erlebnisreichen Tag zu Hause ankommen, werden sie laut bellend und freudig von Balou begrüßt.
„Hallo, mein guter Junge", freut sich Butjaculix und krault seinen treuen Hund. „Hast du gut auf die Tiere und unser Haus aufgepasst?" Balou schlabbert ihm das Gesicht ab und wufft: „Na klar, Chef. Hier war alles ruhig und auch Familie Ente hat im Schilf ein gemütliches Nachtquartier gefunden. Ich soll dir nochmal Danke sagen und dich ganz lieb grüßen."

„Wunderbar, dann hat meine Kräutersalbe wohl gut geholfen." Der Zauberer schiebt seine Vélosolex mit dem Anhänger in den Schuppen. Dann stellt er die leeren Weidenkörbe ab und füllt zwei Eimer, einen mit Hühnerfutter und den zweiten mit Gänsefutter.

Hilfsbereit, wie er ist, schnappt sich Balou einen Eimer mit der Schnauze, und Butjaculix nimmt den anderen. So schlendern sie gemeinsam zu den Tieren. Am Stall angekommen sucht der Zauberer nach frischen Eiern fürs Frühstück.

„Das ist ja toll! Sechs Eier, das wird aber ein üppiges Frühstück morgen."
Nachdem Butjaculix auch noch Balou und Mola versorgt hat, löscht er die Lichter und schon liegen alle im gemütlichen Schlafzimmer beisammen. Mola hat sich behaglich am Fußende zusammengerollt und Balou macht es sich auf dem Fell vor dem Bett bequem. Sogar Abraham hat sich ein Plätzchen gesucht und liegt schläfrig in seiner kleinen Hängematte.

„Gute Nacht, meine Freunde. Schlaft gut", murmelt Butjaculix erschöpft, pustet die Kerze aus und kurz darauf hört man alle vier friedlich vor sich hin schnarchen.

Der neue Tag erwacht. Butjaculix, der schon in aller Frühe aufgestanden ist, beobachtet vom Küchenfenster aus, wie Nebelschwaden wie weiße Schleier über Wiesen und Felder ziehen. Gemeinsam mit seinen Freunden genießt er gerade sein Frühstück aus frischem Rührei, saftigen Tomaten und selbst gebackenem Brot. Dabei besprechen sie, was am heutigen Tag noch zu erledigen ist. Abraham, wie immer etwas vorlaut, ruft dazwischen: „Freunde, denkt dran! Heute Nacht ist Vollmond und wir müssen noch eine Menge Dröömjager basteln!" Der Zauberer lächelt ihn an. Auch er weiß, dass die Dröömjager ihre magischen Kräfte nur entfalten können, wenn er sie an Vollmond fertigstellt. Denn dieser Tag ist immer ein ganz besonderer Tag. An Vollmond verschwimmen nämlich die Grenzen zwischen unserer Welt und der Anderswelt. Dann sagt Butjaculix beruhigend: „Keine Sorge, Abraham, draußen auf der Terrasse ist schon alles bereitgelegt." „Sag ich doch, sag ich doch!", krächzt die Möwe zurück und schaut mahnend in die Runde. Die Katze Mola, die Abrahams Hektik gar nicht verträgt, maunzt: „Ja, wir sind ja schon fertig!" Dann gähnt sie ausgiebig und schlendert, ohne ihn eines Blickes zu würdigen, nach draußen. Der Zauberer und Balou schauen sich an und prusten laut los. Dann folgen sie ihr. Dort versorgen sie Gänse und Gössel, Hühner und Kaninchen mit einem leckeren Frühstück. Butjaculix macht es sich dann auf seiner kleinen Bank auf der Terrasse gemütlich und beginnt Dröömjager zu basteln. Dazu hat Abraham schon fleißig Treibholz, Muscheln und Federn gesammelt. Aber nicht nur er, alle gehen dem Zauberer dabei zur Hand. Und so werden die Dröömjager schnell einer nach dem anderen fertig und nacheinander an die Wäscheleine gebunden. Danach belegt Butjaculix sie mit einem uralten Zauberspruch und lädt sie an der Nordseeluft energetisch auf. Nach getaner Arbeit verschwindet Butjaculix in der Küche und kehrt mit selbst gemachter Orangenlimonade zurück. Seine tierischen Freunde bekommen zur Belohnung ihre Lieblingskekse und frisches Wasser.

So neigt sich auch dieser Tag langsam dem Ende zu und Mitternacht rückt immer näher. Da die Abende nun schon etwas kühler werden, hat Butjaculix unter den Bäumen ein wärmendes Lagerfeuer gemacht. Es gibt Marshmallows, Stockbrot und gegrillte Würstchen, was Balou und Mola natürlich am besten gefällt. Laut schmatzend liegen sie neben dem Feuer und genießen ihre Leckereien. „Hey, lasst mir auch noch etwas übrig", ruft Abraham vorwurfsvoll und setzt sich auf dem Baum nieder.

„Keine Angst, Kleiner. Es ist genug für alle da", antwortet der Zauberer, während er genüsslich an seinem Stockbrot kaut. Auch die Kaninchen und eine Gans gesellen sich dazu, denn auch sie wissen, dass heute Nacht Vollmond ist und sind gespannt auf das, was gleich geschieht.
„Glaubst du, sie werden heute Nacht wieder in unsere Welt kommen?", fragt Balou aufgeregt.
„Die Elfen meinst du? Aber natürlich!" Butjaculix lächelt. „Auf die Elfen ist immer Verlass! Außerdem lieben sie es, bei Vollmond mit euch über die Wiese zu tollen."
„Oh ja, oh ja", maunzt Mola voller Vorfreude. „Fliegende Elfen jagen, das macht Spaß!"
„Na, na." Der Zauberer schaut sie streng an und grinst dann. „Du darfst sie nicht verärgern, sonst verwandeln sie dich noch in eine Kröte!"

Die kleinen Kaninchen fangen an zu kichern und Abraham fällt vor Lachen fast vom Baumstamm.
„Hahaha, die Katze wird eine Kröte! Ich lach mich weg!"
Mola faucht ihn gereizt an. „Pass bloß auf, du Lümmel, sonst jage ich in Zukunft auch Möwen!"

„Ist ja schon gut", beschwichtigt sie Abraham.
Zur Beruhigung spielt der Zauberer noch ein wenig auf seiner Gitarre und alle singen dazu, während sie gespannt auf Mitternacht warten.

Die Nacht ist sternenklar und der Vollmond steht groß und leuchtend am Firmament. Auf den verschlungenen, alten Apfelbäumen haben inzwischen zwei große, schwarze Raben Platz genommen. Sie bewachen das Tor in die Anderswelt, die Welt der Feen, Elfen, Trolle und anderer Fabelwesen. Dann endlich ist es so weit... Mitternacht! Butjaculix nähert sich den Bäumen. In der einen Hand hält er sein magisches Zauberbuch und in der anderen seinen verzauberten Weidenstock mit einem großen, gelben Bernstein auf dessen Spitze.

Alle Tiere haben sich gespannt um ihn versammelt und lauschen still den magischen Worten, die er in einer uralten, fast vergessenen Sprache immer und immer wieder vor sich hinmurmelt, bis auf einmal ... die Spitze seines Zauberstocks zu leuchten beginnt. Immer heller und heller. Die beiden Raben krächzen und flattern aufgeregt umher. Die Luft zwischen den Bäumen beginnt zu flirren und zu flimmern. Dann geschieht es. Langsam verschwimmt der Hintergrund und das Tor in die Anderswelt beginnt sich Stück für Stück zu öffnen. Man kann riesige Bäume, farbenprächtige Pflanzen und fremdartige Insekten erkennen. Dann auf einmal wird das Bild immer klarer. Kleine, leuchtende Punkte erscheinen, die geschwind hin und her fliegen. Sie sind da!

Von überall her schwirren plötzlich kleine Elfen durch die Luft. Doch diesmal ist etwas anders als bisher. Diesmal hört man nicht wie sonst ihr glockenhelles Lachen und sie flitzen auch nicht wie der Blitz mit den Tieren über die nächtliche Wiese.
Stattdessen fliegt eine von ihnen direkt auf den Zauberer zu und landet auf seiner Schulter.
„Sei gegrüßt, mächtiger Zauberer. Es ist so schön dich wiederzusehen."
„Oh, meine liebe Fanferlüsch, wie ist es dir ergangen?", fragt er besorgt. „Ach, Butjaculix, es ist viel geschehen", flüstert sie in sein Ohr. „Bedrohliche Ereignisse kündigen sich an!"
„Erzähl mir mehr davon, Fanferlüsch", fordert Butjaculix sie auf. „Vielleicht können meine Freunde und ich dir dabei helfen."
„Mit Sicherheit könnt ihr das!" Und dann berichtet die Elfe ihm voller Furcht, welches Unheil sich gerade in der Anderswelt zusammenbraut…

Wenn auch du gespannt bist und wissen willst, wie es weitergeht,
dann verrate ich es dir gerne – beim nächsten Mal…

Dann darfst auch du in die Anderswelt reisen und dich verzaubern lassen.

DIE ELFENPRINZESSIN
FANFERLÜSCH

DIE ELFENPRINZESSIN
FANFERLÜSCH

DIE SCHLAUE KATZE
MOLA

ABRAHAM,
DIE MÖWE DIE ALLES WEISS

DER ZAUBERER **BUTJACULIX**
UND SEIN FREUND, DIE MÖWE **ABRAHAM**

BUTJACULIX
UND SEIN TREUER HUND BALOU
MIT DER DICKEN KATZE MOLA

ZWEI DICKE FREUNDE
BALOU & MOLA

DER ZAUBERER
UND SEIN MAGISCHES MOFA

DAS ELFENTOR UND **FANFERLÜSCH**

www.butjaculix.de | www.atelierumwerk.de